KB069044

모두의 산책

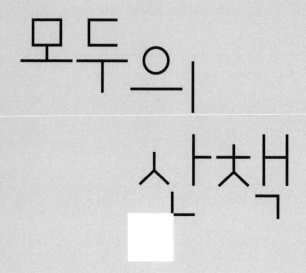

모두의

산책

시인수첩 시인선 029

윤진화 시집

ᑫᑐ 문학수첩

아직도

봄

윤진화

2부

1부

나의 가장 처음 지닌 것

횃불을 들고 처음처럼 기다린다. 스스로 벗긴 내 처음을 말아 들고 불 피우고 당신을 기다린다

잘도 탄다, 양날 작두 타는 만신처럼 잘도 탄다. 털이 타고 팔다리가 타고 입이 바싹 타고 나면 불을 품은 숯처럼, 당신을

함부로 버린 처음을 돌려주기 위해 기다린다. 후회를 생각하고 또 후회하며 당신을 기다린다

칼날 솟은 혀에 스쳤을 뿐인데, 창자를 베고 심장을 베고 삼킨 눈물 베고 나면 나는, 신원을 알 수 없는 부둣가의 시신처럼, 당신을

그러나 나는 안다
당신은 앞이 캄캄해서야 온다, 물비린내 가득 품고서야 온다. 지금의 나처럼

비 내리는 연못

어두운 수면이 비를 맞고 있다

뾰족뾰족 솟아오른 물의 산통
아프지 않잖아, 저 위에 머물던 잠자리는
날개를 모은 채 기도하는 것 같아

견뎌야 해

투명하고 어두운 꽃
저 꽃은 폭죽
꽃이 사나워진 건 열매를 맺기 위해서야

가지 마, 가지 마

꽃을 피우고선 찢어진
수면을 본다, 울고 있는 물을 본다
눈물의 파동
그런 연못을 두고 잠자리, 떠난다

투명한 창살의 감옥이
연못을 가둔다

도마뱀

섹스를 하고 싶어요
라고 말하는 당신의 입술
통통한 애벌레처럼 꿈틀거려요

애벌레는 도마뱀이 잘 먹는데
도마뱀은 꼬리 끊고 도망가면 그만이지만

짙푸른 꼬리를 키우고 있어요
라고 혀를 날름날름
나의 도마뱀을 만날 때 당신이 궁금해요

도마뱀이 애벌레를
갈라진 혀로 둘둘 말아서 먹으면 그만이지만

꼬리야 다시 자라지요
라며 잘린 사랑이 펄떡펄떡
그걸 보면서 오체투지로 도망가는 당신

검객

당신을 기다리다
투명 유리에 비친 여자를
보았다, 벌써 수 시간
그 자리다

여자와 눈이 마주친 나는
냉큼 눈길을 피하다
다시 본다

나다,
검붉은 꽃 한 송이를
대검처럼 들고 선

마우스를 긁으며

자기, 등 좀 긁어 줘
등을 긁어 주면 드르륵드르륵 올라가요
내가 안 긁어 주면 가끔 성질부려요

거기 말고, 조금 더 위, 아니 그 아래
아니, 거기 말고 날개뼈 근처 말이에요
거기 말고, 제발 좀

말 좀 그만해요, 박피(剝皮)하는 것 같잖아요
하얀 종이를 벅벅 오르다 보면
검은 딱지가 붙고 새살이 돋겠어요

아니지, 그것은 성교잖아요
하얀 종이와 난교를 펼치고 아이를 낳고
새로운 이름도 붙여 주잖아요

젊게 진화하는
자가 증식의 해답을 풀 듯

드륵드륵, 사각사각

드륵드륵, 사각사각

그때 죽은 고양이, 설마

서울역 지하도;
마지막까지 벽을 긁어내린 손톱자국
바닥을 핥은 술의 실루엣, 아찔하게 끝난 하루가
데굴데굴
해가 낮은 곳까지 흘러오길 바라는 이유

길고양이;
걷는 인간을 등지고 벽 보며 자는 고양이
이들이 앓는 인간에 대한 쪽빛 현기증

노을;
하늘이 붉은 꼬리를 늘어뜨리며 우는 시간
산 채로 하늘 껍질을 벗기는 신의 공간

그러나 반창고처럼 하늘에 붙어 있는 달

캣맘;
집에서 함께 살던 이들이

매해 늘어나서 이곳으로 쏟아져요

그들에게 밥을 주는 이유요?

죄짓지 말라고요

이곳으로 내몰아친 건

당신과 나잖아요

잊은 건 아니겠지요

설마… 설마…

어머니 빵집
─제주도에서

닫힌 가게 안은 어둡다, 낡은 미닫이문에 붙은 액자
속, 붉은 웃음을 지닌 어머니가 보인다, 달 같은 가슴이
부풀어 오른다, 어머니가 또르르륵, 웃으며 넘치는 우유
를 컵에 따라 준다, 말간 흰빛이 가게로 스며든다, 희미
한 관찰을 유지한다

창가에 혀를 닮은 맨드라미가 보인다, 그 시선이 조용
하다, 맨드라미가 꿈틀거리며 다가온다, 나를 향해 날름
거리며 다가온다, 어머니가 입을 막고 사진 속에 있다,
다소곳이 가게를 보고 있다

어머니는 입술 위에 둥지를 튼 빛을 우물거린다, 맨드
라미의 노래가 들린다

방랑자여, 없는 젖을 빨고도 배가 부른가, 이곳은 그
대의 끝, 미처 가 보지 못한 길 위의 위로, 아직도 피안
(彼岸)을 그리워하는가, 내가 잃어버린 그대여, 다만 너는
거기 있으나 없고, 나는 없으나 여기 있다, 태어나기 전

의 너는 물음표… 그러므로, 없음이다. 아무것도, 아무
도 없음이 너로다

　발밑으로 떨어진 맨드라미 화분, 쓰러져 웃는 혀가 넘
실댄다, 맨드라미를 다시 입속에 묻는다, 배고픈 전생이
빵 속에 스민다, 닫힌 가게 안은 여전히 어둡다, 지나가
던 나는 가게 셔터를 걷어찬다, 액자가 툭, 떨어진다, 빌
린 목숨이 꾸역꾸역 밖으로 기어 나온다

고양이 하지

회색 고양이를 보고 있다
회색 고양이는 해를 보고 있다
해도 뭔가를 보고 싶은데 볼 눈이 없다

아홉 개의 삶과 백팔 개의 죄를
생각하는 검은 현자

우리는
봄처럼 식으려다
둥글게 타오르는 계절에 집중한다

해와 회색 고양이와 나를
이 계절은 어디쯤에서 지켜보고 있을까

방 안은 시베리아에서 죽은
누군가의 체온 같다
냐아옹, 그렇게 혀의 그림자만 깊어진다

여우애사

1장

모두의 바다라는 것을 잊으면 안 돼요
밤새 해변 모텔에서 술을 마셨지요
밤새 바다가 모래를 물어뜯는
소리에 잠을 잘 수가 없었거든요
어느 순간 술도 떨어졌어요
너무도 화가 나서
앞섶을 여미지도 못하고 나갔지요
커다랗고 단단한 바다의 이빨을 보았지요
아가리를 벌리고 헐떡이며
모래를 물어뜯는 저 미친개
으르렁으르렁
네 발을 붙이고 엎드렸어요
누구와 편먹고 바람난 년처럼
으르렁으르렁 울었어요

(코러스)

일출과 일몰의 차이, 만조와 간조의 사이
별은 서쪽으로 사라져요
쓰으윽 싸아싹 쓰으윽 싸아싹
파도에 모래 갈리는 소리
바람이 이빨을 갈아요

2장

사내는 손목 힘을 빼고
잠시 멈춰서 바깥에 눈을 돌려요
커다란 눈 뜨고 해변을 달리고 있는 순정한
말의 목은 단번에 쳐야 해요 주저하는 순간
바람이 힘차게 불어오면 놓쳐요
도장을 쥔 오른손에 힘이 들어가요
칼끝을 도장 모가지에 정조준하고 찔렀다 빼지요
사내의 손에는 붉은 도장이 뚝, 뚝, 뚝
말의 목에서는 붉은 피가 뚝, 뚝, 뚝

도장엔 잘린 목의 단면처럼, 피가 묻어 있었지요
그 피를 닦으며 다시는 이딴 죽음을 사는 일에
돈을 쓰지 않겠다, 라고 다짐했어요

죄지은 엄마가 하얀 아이에게 말을 줘요
아가, 말이란다 꼭꼭 씹어 먹으렴
아픈 아이는 혀에 감기는 말을 씹어요
엄마, 엄마가 죽었나요?

무엇을,

아가, 목적 없이 주어 없이 죽는 말은 없단다
봐라, 이 엄마도 이렇게 네 앞에 죽어 살잖니?
이것이 모두의 죽음이란다
목적이 된 죽음이란다

(코러스)
일출과 일몰의 차이, 만조와 간조의 사이

별이 동쪽으로 떠올라요
쓰으윽 싸아싹 쓰으윽 싸아싹
부엌에서 말을 다듬는 소리
모든 바람은 말(言)에서 태어나요

3장

흐르다 멈춘 팔차선 도로
해변으로 가자는 노래가 들려오죠
그 사내를 뱃속에 넣고
웃고, 울고, 뒹굴었던 날이 있었지요
사내는 내 뱃속을 떠나
웃고, 울고, 뒹구는 날을 보낼 테지만
잊지 말아요
별이 쏟아지던 해변에서
구슬 한 알을 버렸다는 걸
그렇게 당신을 얻었다는 걸

(코러스)

별이 쏟아지는 해변으로 가요
처음으로 느꼈네*
나는, 나는 말과 함께 묻힐 거예요
칼 씻은 물을 바다로 보냈어요
해변으로 전력 질주하는 폭풍우
그 가운데 나 혼자 있어요

* 키 보이스의 노래 〈해변으로 가요〉.

나쁜 꿈에서 벌떡 일어나듯

더운 바람을 밖에 세워 두고
듣는 도마뱀의 노래
찌르릉찌르릉
아직 꿈속이다

당신, 아침밥을 먹었겠다
나는 저녁밥을 먹었는데

당신, 즐거운 일곱 시를 향해 가겠다
나는 지금 막 슬픈 일곱 시를 지나쳤는데

맨발의 나무를 위해
긴 시간 신발 가게를 서성였다
어제는 썩은 과일을 먹어야 하나
그제는 과일이 짓무른 곳을 응시했다

손을 펼치면 잎사귀가 된다
내 몸 위로 꼬리 끊은 도마뱀,

찌르릉찌르릉 등뼈를 밟으며 오른다

갈수록 짓무르는 나무의 발가락을 응시했다
아직 익지 않은 과일이 땅으로 고꾸라진다

신발이 나무 앞에 가지런하다

지금이다
일어나야지, 발목을 자른다
신발이 꼭 맞다
찌르릉찌르릉 꼬리가 우는데도

또 당신

기어이 당신이란
이 모든 것을 가진 배후자라고!

(깊은 산속 옹달샘 새벽에 일어난 토끼
밥풀 짓이긴 속눈썹, 실성한 여자의 머리에 핀 꽃
빈 호주머니 속 악마
개다래잎을 할짝대는 회색 고양이의 초록 눈알

그물망에서 팔딱팔딱 뛰는 여치의 노래

아, 당신이란

폐관한 식물원의 깊은 우물
길 모퉁이집 앞, 떨어진 호박 단추
콧수염 사내의 서른세 번째 보라색 방문
비단향 팬티를 입은 스트립 댄서

아, 아직도 당신이란

때 낀 와이셔츠 목덜미로 기어가는 검은 털 거미
먼지 자욱한 도서관 사서의 어깨
미궁의 사건을 해결하는 탐정 소설처럼)

각개전투 미신사전

어떤 여자가 죽은 것을 본 나;

길고양이 불알을 싣고 상여가 달려가네, 가나다라마바
사아자차카타파하, 푸가, 푸가, 푸가,

닭장 속에 뱀 한 마리 또아리 틀고 피 묻은 독이빨을
할짝거리네, 시간은 끝없는 구멍, 구멍, 구멍, 그 속으로
우주가 보이네, 뱀은 몸을 일으켜 대가리를 부풀리네

고삐 풀린 신화 속 뿔 달린 말, 소독약으로 닦고 기름
치고 조여도 일어나지 않네

염쟁이는 삐져나온 우리의 혀를 입속에 가두었네, 우
리는 유언을 남기지 못했네, 그럼 말이라도 할걸, 말,
말, 말, 그 말이 우리를 뒷발로 내리찍었네, 장례식장 뒤
꼍에선 뒷말들만 쌓이네

여자는 누구나 뱀과 하나 되어 사네

오줌을 눌 때마다 쉬이익 쉬이익 독기 오른 소리를 내
네, 다시는 태어나지 않으리, 같이 놀던 고양이는 부리가

부러졌고 다리가 부러졌네

　이건 헤어진 자를 위한 푸가, 푸가, 푸가, 이제 여자를 떠난다, 기차는 떠났으니까, 고양이는 날아갔으니까, 우리는 최선을 다해 죽을 테니까

천형(天刑)에게

고양이 묻은 감나무에서 야옹야옹 우는 열매가 맺히고
들개 묻은 밤나무에서 멍멍 짖는 열매가 맺혀요

발가락 잃은 비둘기가 어디에서 태어났는지
길가에 구르는 돌이 왜 바다로 가 부서지는지

왜 항상 아빠보다 엄마가 슬픈지
나의 행복을 옆집 고양이가 왜 물고 달아나는지

난 도무지 몰라요

죽은 사람들이 한꺼번에 바람이 되어
머리칼을 헤치고 운다는 것
시가 되어 짖는다는 것

왜 그런지 잘 모르는데
감 먹고 밤 먹으면서
왜 잃어버린 언어는 이리도 달콤한지요

야옹야옹 멍멍

계단의 진화

1.

잃어버린 계단이 돌아왔다
어디 다녀왔니
분명 마흔다섯 개였는데…
어디 있었어
계단 하나가 옆구리에 박혀 있다

2.

한 계단이 가출하고 돌아올 때마다
무릎에서 꽃피던 검은 멍울
호호 불면 움찔움찔 꽃향기 살아나고

3.

낯익은 이가 회색 건물 창으로
얼굴을 비추면
그제야 기지개 펴며
속죄물처럼 피던 꽃

4.
잊고 살던 계절이
손등 위에서 춤춘다던
늙은이의 무심한 말을 타고
계단을 오른다
이 꽃은 그때 그 꽃?
잃어버린 계단에선
오늘 주운 꽃이 만발한다

5.
진화는
참꽃이 아니라 늙으면서 변한다는 뜻
계단이 잘 자랐다
무릎에 박혀 자라고
손등에 내려 자라고

생일
—산후조리원에서 2

나무 똥꼬를 찾는 중이에요
지난 계절에 튼실한 과실수를 여럿 낳고
산후조리도 제대로 못 한 채 지냈다더라구요
벌써 일주일째, 붉은 똥 끄트머리만 보여요
찢긴 틈으로 속살이 툭툭 튀어나와
꽃잎을 이뤄서 똥 싸기가 고통스러워요
이런 이야기, 우리는 젖도 튼 사이라서요
암씨랑 안 해요
어어? 똥꼬꽃이 활짝 폈어요
아니아니, 나팔꽃이 활짝 폈어요
너도나도 달려가 꽃소식을 전해요
니 똥꼬, 내 똥꼬 웃으면서 울어요
그래도 모두 암씨랑 안 합니다
바야흐로, 향기로운 봄이니까요
산모님, 똥구멍에 힘주지 말아요
꽃이 아프게 피었잖아요, 조심조심
접근 금지

오빠

애인은 듣고 싶어 했죠

한 번도 웃지 않던 아버지가
거리마다 있고 없는 계절

아버지는 수의를 입고 관 속에 있었죠
곡을 해 주고 샅을 닦아 주던 염쟁이가
몰래 아버지의 새 양복을 훔치는데도

오빠가 없는 나는
오빠 없는 집의 첫째 아이
검은 옷을 입고 검은 젖꼭지를 아이에게 물리며
죽은 아버지와 눈이 마주쳤어요

애인은 질투했지만
그리운 오빠를 부를 때

비와 무덤과 창살 아래

당신이 울면
우리는 깊고 푸른 우주에서 쏟아지던
비와 창살 아래 갇혔습니다

알을 슬어 놓고
무덤에서 태어난
우리

간절기를 지나는 지하철

달과 물고기와 수풀이
얼굴에 난 창을 간절히 여네

건너편 여자, 블라우스에 새긴 동그란 호수가 출렁이면
감춰 두었던 지느러미 스르륵

갈대와 부들과 겨울나무가
속눈썹처럼 붙었다 떨어졌다 붙었다

파랑 마스카라 덧칠하는 여자에게서 천리향 피네
질투 가득한 계절이 흔들리네

나의 알흠답고 신비한

너무 고답적이어도 딱딱해서도 안 돼
개인적 취향도 무리에 휩싸인 것도 안 돼
명랑 만화처럼, 전쟁 영화처럼 톡 쏘는 삶
가죽 혁대처럼 튼튼한 삶
삶은 달걀처럼 쫄깃쫄깃한
죽어 가면서도 달콤한 젤리처럼
따뜻하고 말캉말캉한
한 스푼의 조미료처럼
한 젓가락의 젓갈처럼
딱 그만큼만 다가오는 연애처럼
달콤 쌉싸름한 슬픔을
냉장고에서 꺼내 우걱우걱 읽다가
넓은 잎 뒤에서
망상을 갉아먹는 도마뱀처럼

팔딱팔딱
싱싱한 우리의 삶이란

지금은 슈퍼울트라맨과
―빨강 머리 앤에게

실밥 묻은 사내를 만났어요, 만개한 별을 모아 반짝
반짝 옷을 만든대요, 싸구려 환각제가 벌려 놓은 앞니,
큰 바늘 뒤로 돌리는 시계공과 쉬지 않는 첫사랑이 보였
어요

몇 시간의 약과 몇 잔의 술과 여섯 명의 엄마는 사내
의 힘이에요, 낡은 빌라 담벼락에 기대어 잠든 할리데이
비슨을 깨워 부우웅 경찰서를 드나들곤 했지요, 눈 한번
찡긋해 주면서

천천히 사내를 바라봐요, 심장이 빠르게 미싱을 돌리
고 조그만 새들이 붉은 발자국 남기며 후드득 날아요,
굿바이 할리데이비슨, 빠라바라밤

새의 날개에 시동을 거는 슈퍼울트라맨

명랑한 구구단

애 낳자마자
수학의 정석 펼쳐 놓고
구구단을 외웠는데!

일 더하기 일에서부터 머뭇머뭇
배춧값 이천칠백 원을 계산하다
채소 가게 수박 가슴 주인은
깎아 줄 생각도 하지 않고
바로 앞 노점 주인은
한 포기에 이천오백 원이랬는데

일단,
일단에서부터 막히고
따질까 말까 주저하다
제값 다 주고선
십팔 십팔 십팔단을 단번에 외우는

나를 보며 깔깔 허공 향해 깔깔

수학의 정석을 목덜미에 괴고 누워
포기라는 단위를 복기한다

다시 또다시

갓 낳은 아이를 안고
창밖 풍경을 집어 심장에 붙인다

오늘도 몇 대의 검은 영구차가
집 앞을 지나가는 것을 보았고
뒷집에서는
다음 차례를 기다리는 늙은이가
깊게 팬 주름을 손으로 훑어 내리다가
걸어 둔 귀가 푹 익었는가
바람 열고 현이 끊긴 악기를 조율한다

창밖과 창 안을 이어 주는 검은 찬송가
부르며 소수 정예의 악단이
서서히 가락을 연주한다
싸움에 이긴 전사처럼
어제 없던 새로운 아이를 들어 올리고
전장에서 떠나는 이를 위해 구음(口吟)으로 운다

소리가 흔들리는 최종 전선의 방
창가에 흘러내리는 검은 노래
한 아이가 다시 태어났네
한 아이가 죽은 날
덜 익은 연주가 불이 되어 귀를 달군다

출산 예정일
－산부인과에서 1

배고플 땐 혀가 위로 말리고
졸릴 땐 음이 낮아지는 뱃속 아이

그 아이가 출산 예정일에도 태어나지 않으면
물에 불어 하얗게 표백되는 건가

외진 곳 분교에서
낡은 모자를 쓴 책 읽는 소녀상처럼?

갓 태어난 아이가
회백칠을 하고 태어난 이유는 분명하다

행복한 십 개월

앞으로 십팔 시간 십팔 분 십팔 초
남은 출산 시간을 셈하는
엉터리 수학자

태어나지도 않은 아이의 울음을
수학자의 언어로 주억거리다
마침내 별의 언어로 번역한다

'로맨틱한 달이 현실로 추락하는 날이다'

바라건대

바람아
너
집으로 가는 거지?

나무야
왜 멈춰 있니?
어디로 갈 거니?

달님아
무서워하지 마
우리가 멀리 침을 뱉잖아

붉은 달을
보러 나갔다가
붉은 뺨만 갖고 돌아왔어

마흔아
너

곧 집으로 가는 거지?

벌거벗은 여자가

저기 쏟아지는 한 무리의 여자
도둑맞은 옷을 잃고 쫓겨 내려오는
벌거벗은 여자들

오렌지와 바질 향기 뒤섞인
저 폭포 아래에 서면

누구는 저걸 장맛비라고 했지만

투명한 머리칼을 늘어뜨린
죽은 여자들 아니

나
아닌
나날들

요강

동그랗고 무거운 은빛 요강을 본다
요강 요강 요단강
요단강을 건너면 죽는다는데

냉장고를 관 뚜껑처럼 열어
비열하게 웃는 아버지를 본다

차갑고 가벼운 주전자에
따뜻한 당뇨를 싸는 아버지를 본다

우리 사이에는 문이 있고
그 문 너머에는 단이 있고

단은 서서히 사라져 요강이 된다

요강을 건너는 아버지가 된다

기차를 탔다

1.

말을 했더니 말이 아니라고 했다
말을 하지 않기 위해 입을 귀에 걸었다
비웃냐는 말을 들었다
비웃기 싫어 웃음을 멈췄다
멈추니 화가 났냐는 전화를 받았다
울었더니 넌 왜 항상 우울하냐고 했다
뒤돌아서 떠났다
사랑을 떠나니 말이 필요 없어졌다
말을 팔기 위해 기차를 탔다
기차는 길었다
길다는 말을 잃었다
다음 역에서 내려야 했다

2.

웃지 않는 사랑을 등 뒤에 두고 걸었다
떠난 사랑은 말이 없다
건강하고 단단한 말을 갖고 싶다

버려야 할 말과 타야 할 말의 경계를 고민했다
기차가 왔고, 기차를 탔다
기차는 언제나처럼 만원(滿員)이었고
사람들은 성에 낀 입을 지운 채 창밖을 바라봤다
낯익은 뒷모습의 사람이
기차에서 떨어지는 것을 보았다
기차가 아직 오지 않은 거라고 말을 해야 했다
말을 했더니 말이 아니라고 했다

손금을 풀다

당신이 이생에서 지금껏 연주한 가락이 들리거든요
손금도 악기 같아서
대금, 중금, 소금처럼 가로 불지요
당신의 비가(悲歌)는 끝이 없군요
휘몰아치는 장단이 꽤 오래됐어요
협곡에서 불어오는 바람이 쉴 곳 없어요
푸른 나뭇잎이 흔들리지 않아요
나뭇잎이 신명에 겨워야
휘파람새가 몰려오고, 사람이 오는데
당신에게선 사람이 보이지 않아요
죄다 죽은 영(靈)이에요
당신은 영가를 불러야 할 사람이에요
희로애락생로병사길흉화복흥망성쇠,
모두 단조로 흘러요

당신을 위해서는 당신이 야단법석이어야 해요
당신이 웃으면 삼라만상이 웃고
당신이 울면 천지가 울어요

당신이 땅에서 풀면 하늘에서 풀려요
당신의 손금에
흐르는 음악의 꼬리를 풀어놓고 도망친다면
당신은 사랑을 잃을 거예요;

손금쟁이가 내 손에서 흐르는 곡조를 짚다가
다시 곱게 접어 내게 주었어요
난 받아 든 가락이 흩어지지 않도록 주먹을 쥐었어요
백팔 번 맞춰 내 가슴을 때렸어요
굵게 생긴 손금 사이로
눈물이 스며들어요, 주먹을 풀었어요
허공으로 풀어진 길
손 안에 숨어 있는 이 길을 따라가면 거기
사랑이 있다고 내 손을 맞잡고 연주해 주세요
당신의 손금을 내게 들려주세요
두 손을 악보처럼 펼치고

유서(宥恕)

모난 달을 입안에 넣고 사탕처럼 먹어 봐요
까끌까끌한 소문을 우리처럼 굴리고 녹여 봐요

모래가 위대한 것은 뭉치지 않고도
바다를 끌어당기기 때문이라고

아름다운 성전은 무덤이 많아요
그래서 네모난 시집을 좋아했어요

겨울은 내리고 봄은 흩날리는 계절
아침마다 찾아온 빛은 살점을 내리찍는 채찍이었어요

떠나간 것은 계절이고 변함없는 우리잖아요

네모난 입은 둥근 기억을 부수고
둥그런 탁자는 네모난 입을 다듭습니다
주고받은 진실을 네모난 입안에 넣어요

벽돌마다 우리를 새겨 넣고 소문 밖에 나란히 세워 둬요
그제야 풍문이 유서(宥恕)할 테니까요

위로하는 시는 침묵이 많아요
그래서 당신을 가둔 우리가 빛나는 거예요

모란

1.

보인다, 책을 펼친 사람에게서 향기가 들린다

읽고 또 읽는다

꽃이 질 때까지

2.

어떤 꽃은 향기가 없어요

그 말은 거짓말이죠

아니요, 일부러 향기를 내지 않아요

아니요, 향기가 없는 책은 없습니다

향기가 없는 사람을 만났습니다

그 말도 거짓말이죠

아니요, 그 향기를 듣는 사람이 있어요

그래요, 그 향기는 소리로도 들리고

심지어 글로 쓸 수도 있지요

그래요, 그 사람이 내내 잊히지 않아요

향기로 피는 겁니다

그때 왜 활짝 핀 상처를 들켰을까

3.
그 꽃,
중심에 비켜선 채로 활짝 피어
또다시 오해를 보냈다

사과와 아이와

사과가 열리고 갓 낳은 아이가 자라 사과 속에 숨고
곱사등이는 등에 빨강 사과를 짊어지고

사과가 파래지고 파란 잎사귀가 몰려와 둥지를 짓고
아이는 입을 벌려 지지배배 지껄이고 곱사등이의 입술
위로 파란 사과가 구르고

아이는 사과를 등 뒤에 숨기고 별을 가득 베어 문 아
이의 입에서 곱사등이의 사과가 열리고 사라진 사과는
푸른 하늘 은하수가 되어 흐르고

시인은 곱사등이의 등에 사과를 심고 사과처럼 아이처
럼 아삭거리고 시간이 더듬더듬 시를 쓰다듬고

2부

안단테 에스프레시보

아이스커피 들고
지구를 산책하고 있어요
― 감정을 갖고 천천히
   안단테 에스프레시보

어제 없던 풀이 돋아나고
그제 없던 이가 내일 온대요
모레 꽃이 피고
다음 날 잊히는 것

지금 마시는 커피가 사라지고
작은 행성이 부서지려고 지구로 온대요
― 감정을 갖고 천천히
   안단테 에스프레시보

죽은 친구가 보낸 편지를 읽고
태어날 아이를 떠올리는 것처럼
팔다리를 흔들어 보다

눈을 떴다 천천히 감는 것

— 수많은 어제 울어요
　하나뿐인 오늘은 울지 않으려고

안녕하세요, 하나님

오늘 기도 중에 하나님께
정신과 '생각과 표현'을 추천하였다
생긴 것도 닮아 싫지만
성인(聖人) ADHD는 더 싫다

다 알겠지만,
봄 왔다, 겨울 가고
꽃 피었다, 달 진다
하나님은 조울도 심하다

밤새 서리가 왔다 가서
정수리에서 흰머리 뽑는 오늘도
우리의 아버지, 하나님으로 산다
사랑을 낳고 죽이며 신은
수명을 연장한다

파두(Fado)*

뒤에서 아줌마라고 부르는 소리에
어제는 무덤을 사고
내일은 과일을 사는 것이 일상이에요

이 시간의 과일은 달콤하지 않아요
문주란과 파두는 잘 어울리죠, 뜬금없이
개인의 취향을 고려해 주세요

쉼 없이 비 내리는 오후

나를 모르는 나라에서
낯선 과일을 입에 가득 물고
입안에서 터지는, 낯익은 죽음을 맛보는 일

어떤 이에게는 로맨스라 불리고
어떤 이에게는 더러운 고양이라 불리고
또 다른 이에게는 똥이라 불려도 상관없는 일

나를 향해 부르는 소리를 듣는 일
뿌리 내리고 가지를 뻗고
제 이름 세운 무덤을 사고팔고
일상을 걷다, 이봐요, 거기 당신

이제 내게 남은 것은 하나밖에 없어요
앞만 보고 침묵하는 것

* 포르투갈의 민속 음악으로 운명 혹은 숙명을 뜻하는 말.

젊은 치매

버스는 오지 않고
그 여자가 온다

어떻게 살아갈까
여자의 구멍 난, 머리에서는
뭉실뭉실 구름 피어오른다

겁나게 파랗다
다시는 질릴 것 같지 않다
날갯짓하며 숲을 떠날 때마다
겨드랑이에 숨어 있던 벌레가 떨어진다

벌레가 머리를 파먹는 것도 모르면서
사람들이 향기 없이 오고 간다

빨간 꽃다발이 최저가란다

타야 할 버스의 젖은 타이어가

웅덩이에 비친 포스터를

뭉개 놓는다

뜬금없이 소나기

구름이 그림을 그린다
십자가와 물고기와 석가와 총이다
도무지 어울릴 것 같지 않은 그들이 모여
텅 빈 하늘을 메꾸고 있다

사람들은 두려워하지 않는다
징조와 증후를 읽는 건 시인의 몫
저 봐
빈 하늘도 계시를 받아 적고 있지 않는가
그렇지 않은가, 석가여, 예수여, 총이여
장전한 총이 하늘에 붉은 해를 발사한다
구멍 뚫린 하늘에서 붉은 피가 번지는데
구름은 여전히 두렵다
저 봐
새하얗게 질린 거라고
이 득실득실한 일급 범죄자들의 감옥에서
살아 나갈 자는 없어

구름이 검은 그림을 그린다
여섯 개의 뿔 돋은 천사와 비행접시와 배고픈 사자
이제 곧 비가 몰려올 것이다
구름이 지상 향해 물방울 폭탄을 투하한다
죄 사함 받아야지! 우산을 버리자!
집. 중. 폭. 격. 원. 함.

신입 사원

1.

부비트랩은 만들기 쉽다
설탕 한 숟가락과 식은 맥주를
컵에 담고
질기고 강한 투명 랩으로 컵 입구를 막는다
빨대를 꽂아 두면 그 속으로
파리가 들어가 며칠 살다
생을 마감한다
살려 달라고 손을 싹싹 빌어도
가차 없다
내 손을 더럽히지 않아도
파리는 트랩 안으로 들어가
스스로 무덤이 된다

2.

컨베이어 벨트를 조이던 낙탄이
지하철 스크린 도어를 만지던 스페어가
컵라면을 먹게 해 달라고

마른 손을 비비고
얼굴을 비빈다
이 동작을 무한 반복한다

3.
저출산으로 세금 확보가 어려운 정부는
마침내 아이 하나 낳으면 설탕을 주겠다고 발표한다
신입 사원이 죽기 전까지 납부하는 세금과
새로운 지구인에게 지급할 복지
잠시 머뭇하던
손가락이 다시 계산기를 두드린다
거품 맥줏값이 더 빠졌다

4.
첫 월급을 받은 조카가 한턱낸다
조카가 빈 컵을 들고 외쳤다
– 여기요, 맥주 한 잔 더 주세요

매장

단지 누군가 나를 묻어 줬으면
바랐던 것일 뿐

냄새나는 아침
아무도 나를 알아보지 못하고

서울의 11월,
신의 계시를 받은 내가 죽었다

출근하는 사람들이 침을 뱉었다

길고양이가 쓰레기봉투를 뜯었을 뿐인데
'재수 없어'

시인이란 꼬리를 치마 속에 감추고
무덤으로 들어간다

부국해양연구소˚ 장님께

Q.

『내 안의 물고기』라는 책을 보다 연락드립니다
아시겠지만, 비즈니스 인사이드에 따르면
선천성 이루공은 물고기의
아가미가 퇴화한 흔적이라고 합니다
귀 해양연구소에서 잘 아실 것 같아
실례를 무릅쓰고 여쭙니다, 우려되는 점은
귀소에서 해양 연구 전공자가 아닌
형사들이 실험을 하고 있다는 소문입니다
……
정말 인간의 조상은 물고기가 맞습니까?

A.

사실에 기반한 귀하의 질문을 높이 치하하는 바입니다
백 명 중 네 명이 이 흔적을 갖고 태어납니다
거대한 바다에서 지느러미를 흔들며 살다
신분을 숨기고 뭍에서 사는 물고기 떼
신이 인간을 멸할 때, 거대한 방주에 인간들 몇을

살리고 나머지는 홍수로 벌한 사건을 기억하십시오

버림받은 인간은 물속에서 살아남기 위해 진화를 선택합니다

그것이 우리 연구소가 내세운 가설입니다

예술적인 기술과 애국 의식으로 무장한 우리의 연구는
지금도 진행 중입니다

인간은 인간끼리, 물고기는 물고기끼리 살아야 합니다

이종 교합은 겉모습이 어떻든 사라져야죠

순수 인간만이 대한민국에서 살아야 한다

이것이 우리 연구소의 취지입니다

Q.

친절하고 유려한 답변 감사합니다

이곳이군요, 분홍 비늘이 붙은 욕조에

인간을 잡아다 물고기를 만드는 곳

아가미 호흡 실험은 소문 들어 알고 있습니다

골뱅이 모양 계단을 어지럽게 타고 올라온

물고기에게 쉴 틈도 없이 꼬치구이와 장작구이도 하신

다고요

귀에 작은 구멍도 없는데요

A.

뭐야, 이 새끼

이종 교합이나 변종을 신이 용서할 거 같아?

너 어디에서 왔어, 이 새끼야

어디서 뻐끔거리면서 아가리를 함부로 놀려

Q.

물고기가 위대한 이유를 알고 있습니다

밤낮 뜬눈으로 세상을 살피는 자

물고기가 산으로 간 이유입니다

신이 우리를 버린 것이 아닙니다

오히려,

A.

스스로 물고기라는 것을 인정했지, 그치?

우리 연구소 식구들은
물고기인 너희 지느러미를 움켜쥐고
욕조에 담갔다가 꺼내고
대가리를 꺼냈다가 또 담근다, 알지?

Q.
작은 창으로 붉은빛이 몰려오면
바다 산호를 떠올렸습니다
열차의 기적(汽笛)이 들려오면
기적(奇蹟)으로 바꿔 읽습니다
둥글게 모여 앉아 지느러미를 맞대며
헤엄치며 놀던 때가 있었지요
한 마리 물고기가 되어
당신의 꿈속을 헤집습니다
물이 가득한 욕조에 들어가
붉은 아가미 열고
고해성사를 합니다
소장님

우리는 물고기가 맞습니다

* '남영동 대공분실'은 '부국해양연구소'라는 간판을 내걸고, 철저히 그 존재를
감추려 했다.

신이 다니는 길

남영동 민주인권기념관 앞에서 파란불을 건너
가다 보면 갈월동 시민의원이 나올 거야

영(靈)들이 드나들던 곳이야
피를 뽑힌 후, 흰 국화 같은 얼굴로
이곳을 오가던 귀신들

시민의원이라 걸린 목판에서
투명한 얼굴들이 보여
그들을 따라
둥근 무덤을 얹은 서울역으로 걸어

소주 한 병
북어 한 마리 놓고
절하고 또 절하고 또 절하고
제 무덤 앞에서 쓰러지지

흰 꽃들은 무덤을 향해 두는 거야

사람의 길과 신의 길
한 뼘 차이인데
피를 주고
누구는 귀신이 되고
피를 마시고
누구는 겁에 질려서 굴러다니지

안개꽃

크리스마스 알전구가 꽃처럼 피어 있는 방석집
청파동 옆

커다란 잉어처럼 좁고 더러운 통로를 헤엄친다
빠져나가면 안개꽃이 다발로 피어 있던 곳

언니는 분홍 스팽글로 만든 지느러미를 입고
홀을 떠돌면서 꽃잎 분분하였는데

여기가 어디라고 오냐면서도
술병 뚜껑을 어금니로 따 주고는

안개가 사라질까 봐
청파동 재개발 소식을 내게 묻곤 하였는데

늙고 병든 지구에 어린 왕자를 찾아
장미는 붉은 꽃잎을 버리고
안개에 갇힌 꽃이 되었다는 거짓말과 함께

어린 왕자가 뱀에 물려 죽었다는 이야기를 듣고
그녀는 서러운 고아처럼 울었다

길 잃어버리지 말라고 매일 알전구를 켜 두더니
어느 날, 흔하디흔한 여왕벌이
알전구를 모두 거둬 간 것도 모른 채

흔하디흔한 왕자의 장미처럼, 혼자
더러운 안개에 갇힌 이 시간에서 사라졌다

두손의수*

진열된 몸
유리 선반에 대충 올려놓은 건
누구의 왼손이었을까
누구의 오른발이었을까
모양과 크기를 가늠해 보는데
문이 열리더니 들어오란다

매미 소리 시끄럽고
서울역엔 펄럭이는 태극기가 뜨거운데
저기요, 제 것도 바꿀 수 있을까요
이게 멀쩡해 보여도
이게 튼튼해 보여도
전쟁은 계속되었어요, 쉬고 싶어요

문이 삐그덕 웃는다
잘 왔어요, 그런데 어쩌죠
당신에게 꼭 맞는 손과 발이 없어요
처음부터 전쟁터에 가지 말았어야죠

태어나지 말았어야죠

내 것이었던 손과 발
진열대에 올려 두고 문을 닫는다
제멋대로 허우적거리는 몸을 질질 끌고 간다
뒤에서 문이 열린다
손님, 두고 간 손과 발은 가져가야죠
여기는 전시기념관이 아니에요

태극기가 펄럭인다
손도 없이
바람도 없이

* 상호명.

어디만큼 왔니
−산후조리원에서 1

1.

보리순 가득한 밭에 흩어진
발자국을 세 봅니다

불면은 금방 자라서 새에게 달라붙습니다
꽃대가리가 큰 꽃을 나는
해라고 부르기 시작합니다
밤에도 환한 낮이라고 부릅니다

어디만큼 왔니, 거기만큼 왔니, 죽었니, 살았니

2.

어린 산모의 주술을 닮은 노래 한 자락
방 벽면에 가득 핀 해바라기
해와 해를 가르며 나는 새

3.

갓 낳은 아이는 짐승들의 좋은 먹잇감입니다

사나운 발톱에 찍혀 바다 건너 나라로 입양을 갔습니다
어느 추운 여름,
여고생의 노래는 교복 재킷처럼 해졌습니다
새소리 내며 바람은
그녀를 해바라기 속에 옮겨 심습니다

4.
어디만큼 왔니, 죽었니, 살았니

서부의 총잡이

저물녘, 서부역에서 서로에게 총부리를 겨눴어요
동부에서 걸어온 그 사람은 이제 그만, 헤어져
라는 총알을 내 머리에 쐈지요, 정신과 의사가 누구든
깊숙이 박힌 총알은 뺄 수 없다고 했어요

열까지 세고 뒤돌아서서 격발
아직 다섯도 못 셌는데 총을 쏜 그 사람
비겁해요

황사가 일면 콧속으로 가끔 매캐한 화약 냄새가 들어
와요
역사의 보안관은 말발굽 소리로 달려오기도 해요 다그
닥다그닥
여기 아닌 초원으로 떠나라는 듯

그걸 직접 보냐니요, 제가 그럼 환상을 보는 건가요?
의사들은 어쩜 이리 하나같이 잔인한가요
네, 제가 봤어요, 말을 건네고, 말을 듣고, 말을 나누다

이명도 말 울음처럼 외롭더라구요
사랑이 그리워서
노을 덮고 그 위에 검은 밤을 덮는 사람이
역 근처에 얼마나 많은 줄 아세요?

협곡을 닮은 계단,
나 대신 피를 흘리는 노을, 뒤돌아 도망치던 그
사람의 뒷모습까지 똑똑히 기억해요
휘파람 불며 사라진
황야의 무법자를…

결혼

다른 이름은 전쟁이다

총은 입으로
방패는 귀로

전화는 교섭으로
방문은 협정으로
외출은 비밀 회동으로

가족은 연합 전선이다
대동단결하라
여기저기 새로운 전쟁 소식이
파다하다

결혼으로 우리는
무혈 혁명가가 된다

부자 사용법

열불이 날 때 부자와 동화하면 불에 기름을 붓듯 열상이 더 심해진답니다
없는 놈은 코나 입에서 피가 나오고 심하면 경련 등의 별별별 반응이 일어나지요

생부자는 중독을 일으키기 쉬워요
부자의 독성을 없애려면 부자를 최저 한 시간 동안 달달달 달일 필요가 있지요

그래도 강심 작용은 변하지 않으니 걱정하지 마세요
불 밝힌 십자가의 밤, 공동묘지로 변한 도시에서도 두려워 마세요

만약 부자에 중독되면 어지럽고 춥고 메스꺼울 거예요
반드시 독을 빼서 꾸준히 복용해야 합니다

체질적 가난에서 벗어나세요, 여러분!
열심히 노력해서 꼭 부자 되세요

보도블록 밑으로 바다가 흐른다[*]

술에 취해 집으로 가는 길이었네

어제는 혀밖에 남지 않은 길고양이의 독백을 들었지,
우리 종족의 첫사랑이 파도를 찍어대다 얼어 죽었다고

향기로운 거짓말이 밀려왔네

시시껄렁한 수사처럼 씹다 버린 로맨스, 검게 그을린
트로트 가락

이봐, 고양이! 당신에게선 바다 냄새가 나, 분명 펄떡
이는 지느러미를 가졌는데…

사람에 밀려 서울역에 누웠지, 사랑과 계절이 밀려왔
지, 보도블록 위에 넌출거리는 과거를 게워 냈어, 누군가
가 등대처럼 빛나는 시계탑 아래서 니야아아옹 거릴 때

해묵은 과거를 꿰매네

비로소 이 세상에 무수한 페이지가 이어 흐르네, 폭풍
우 속에 내가 있었네, 비바람이 몰아쳤지, 너울너울 화
난 혀가 우리를 삼키더니 마침내 이곳에 뱉어 냈지

　　짜고 습습한 마지막 페이지를 품은 보도블록
　　이 밑으로 거센 파도가 출렁이네

* 2001년 영화진흥위원회 당선작 〈보도블록 밑에는 바다가 있다〉 제목을 변주.

송내

이곳, 더 이상 복숭아 열리지 않아요
정액은 아이가 되지 못하고 하수구로 흘러가지요
주인은 검은 비닐봉지를 주었어요
따고 싶은 만큼 따 가세요,
뿌연 조명등 아래 잎을 닦고 가만 내려다보다
꿈만 꾸었을 뿐인데 벌은 나를 찌르고
나는 아이를 낳았지요, 하지만 그건 이곳의 꿈
복숭아 나무의 팔다리 자르고 뿌리를 도려낼 때
아아악, 아아악 소리를 질렀지만
누구도 손을 내밀지 않았어요
난 꾸역꾸역 나를 밀어붙였지요
가지를 뻗어 스스로 접붙이는데도
회오리치다 긴 터널 속으로 사라진 환희!
그제야 풀리는 이곳, 나의 아름다운 주인
슬픈 눈의 복숭아나무가 방문 닫아 준 기억…
옛 복숭아밭 서성이는 나무들 따라
무거운 울음 담은 봉지를 내밀었어요
이곳, 아이들은 열리지 않고

높은 곳으로 더 높은 곳으로 날아가겠죠
지금은 없어진 복숭아밭 이야기예요

다시, 시다

나와 당신이 바라보던 거리를 꿰맨다
올이 나간 햇빛이 튕겨 구른다
손바닥을 폈다, 가지 마!
간절했으나
달아난 밤은 좀처럼 잡히지 않았다

맑고 투명한 장갑이 어깨를 두드렸다
혁명과 당신의 차가운 입김
갈매나무 향기와 총체적 봄날이 이어졌다
거리의 이별들은 유성이 되는 날을 기다렸는데
어디를 가든 막힌 길목과
매듭 없는 보도블록이 계속됐다
발라드를 술잔에 풀어놓은 채
지나간 한탄으로 얼어붙은 고드름은
우리의 사랑을 내리찍고서야
눈부신 거리에서 부서졌다

서정의 시간이 다시 온다면

난동과 더불어 함부로 뒹군 저 태양의 힘이
나를 태울지라도, 녹일지라도, 늙게 할지라도
우리의 서사를 빈틈없이 이어 가리라

증오하면 사랑하는 증거를 가져오겠다
꼬리 긴 별 하나 내려와 곁을 내준 날
이 세계에 칼날을 대고
피로 물든 눈동자로 전쟁을 선포한다
당신을 다시 사랑하리라

인생무한다면체 그리고 소외 효과

브레히트가
광화문 동십자각에 올라 외치고 있다.
"지금, 누군가 나를 죽여 주시오!
경찰서장이 내게 물대포를 쏘기 전에."

살아 있는 브레히트는 가래침을 모으려고
하늘을 보았다.
"어이, 이보시오. 나를 죽여 주시오!"

타워 크레인에 올라 있던
해고 노동자가 브레히트와 눈이 마주쳤다.
"동지여, 물대포는 아침에 다녀갔소.
그러니 내가 떨어져 당신의 머리를 박살 내는 게 어떻
겠소?"

브레히트가 모은 가래침을 꿀떡 삼키고
되물었다.
"당신은, 고기를 언제 먹었소?"

"365일 전에 먹었소."
"그렇다면 날 도와줄 수 있겠군."

– 그날, 자정 뉴스 아나운서는 그들을
이렇게 소개했다.
"연이은 사망 소식입니다.
고공 농성을 하던 중에 추락한 윤모 씨와
그 밑에 서 있던 외국인 노동자 B모 씨의
머리가 부딪혀 둘 다 그 자리에서 사망하였습니다."

– 목소리를 변조한 목격자 인터뷰
"B씨가 어눌한 한국어로 이렇게 말했어요
도대체, 고기 한 점 먹지 못하는 자가
그곳에서 죽어 있다고 하는데, 그 누가 언제까지나
오랫동안 악인이 되는 것을 거부할 수 있나요?'"

– 이어서 현장 기자
"한편, 경찰은 B모 씨의 주머니에서 종이 한 장을 발

견했습니다

　거기에 적힌 푼틸라, 마티, 양순, 센테, 슈이타[**]의 신변을 보호하고자

　출국 금지시키고, 또한 이들이 보이스피싱과 관련되어 있지 않은지

　수사 방향을 새롭게 모색하고 있습니다."

플라워# 해방

물결치는 검은 플라워샵
붉디붉은 이빨을 드러내고 으르렁거린다
횃불!
저 붉은 새가 날개를 펼친다
바람이 발기한다

비상하려는 꽃의 날개를 꺾는다
닻을 올리지 않아도
돛을 펼치지 않아도
연서처럼 꽃은
도착할 곳을 향하여 혀를 날름거린다

가깝고도 선명한 약속
꽃은 쉼 없는 자맥질을 하며
나를 끌어 어쩌자고 거기까지 왔는가
한낮의 삼엄한 경계에도
꽃은 그림자를 내리고
눈이 흩어지는 거리에서 멈춘다

물결이 되고 음표가 된 꽃이 붉게 포효한다
꽃이 알려 준 곳에 닿아서야 지느러미를 멈춘다

입속에 숨겨 둔
작열(灼熱)하는 꽃잎을 나누는 이들로
이 거리는 출렁거린다

다리 잃은 꽃들이 지느러미를 펼쳐
손 위로 미끄러져 내려앉는다
눈길은 광장의 시계 초침을 따라 헤엄친다

필라멘트 끊긴 앵무새, 연결되지 않는
숨을 길게 내뱉는다
그 무게는
당황한 꽃을 거리에 짓이긴다

꽃이 내장 드러내고 피를 흘린다
그제야 퍼덕거리는 꽃향기에 뒤돌아본다

해방이다!

불면증

1.

현관을 열고 나가는 내가 보인다
새로 산 정장은 계절에 썩 알맞다
원가 세일로 사길 잘했다고 생각한다

회사에 두고 온 내가 생각난다
미결인 결재 서류를 책상 위에 올려 뒀다
월차 휴가를 내겠다고 큰소리쳤다

2.

기아 타이거즈를 응원하는 나, 붉다
야구는 9회말 2아웃이었는데 같이 본 사람과 헤어졌다
그때 그 사람이 누구였는지 기억에 없다

3.

어렸을 적, 물에 빠져 죽은 금붕어가 기억난다
이름이 포세이돈이었는데 행주산성 근처에 묻어 줬다

4.

구두 신고 오십 걸음과 운동화 신고 오십 걸음은 다르다

5.

여기 없는 미래, 여기 없는 지난주, 여기 없는 계절

한 번도 내가

여기 있는 나를

죽인 적 없다

6.

문밖에 있는 나는 선명하다

죽음의 형식

생선의 눈알을 건져 입에 넣고 굴리다가
붉은 구슬을 품은
여우를 떠올렸는데
지느러미를 품고 누웠을
그 버린 육신을 떠올렸는데

어느 바람이 꽃에 머무르는 동안
해일이 이 동굴을 훑어 갔는데
바다 가운데를 동동 떠가던
여우 구슬을 냉큼 집어삼킨 하얀 가시가 다시
입안으로 들어와 나는
오랜만의 숨을 쉬고

젓가락을 열십자로 놓고
오늘도 무사히, 기도를 올리고
냉큼 내 눈알을 떠먹고
떠먹이고

생선 눈알을 입안에서 굴리며
다시 무수한 오늘을 이어 가고
일터로 난 문을 열어 헤엄치고

이상한 나라의 골목

앞서 걷던 아이는
저 앞에 길이 있다며
모퉁이를 잡고 사라졌다
나를 꼭 닮은 아이인데
산책 길에 그만 아이를 잃었다

그곳을 통과하면
문틀만 남은 낡은 계단이 있었는데

분명 나를 향해 이리 오라고
어서 이리 오라고
아이는 손목을 구부렸다 폈는데

그때마다 뒤돌아보았는데
저기 저만치
또 다른 아이가 손을 흔들었다

거기 가면 안 돼, 이리 와 이리

비로소
나이 많은 내가 나이 어린 나를 본다
천국이 감은 눈을 뜨고
저편 아이와 이편 아이가 흐려진다
이상한 나라의 봄

내 앞에 낡은 계단만 남아
늘었다 줄었다
연주할 때마다
아이가 가까워졌다 멀어지는데

초대

해와 달이 하루 딱 한 번 만나는 시간

그림자 극장의 서막이 열려요

불콰한 두 그리움이 마주 보죠

당신도 어둔 무대에 혼자 있나요

주인공 아닌 주인공처럼,

뱀
－산부인과에서 2

오줌을 쌀 때마다
쉬이익 쉬이익 소리가 들려 싫었는데

그것은 방울뱀 소리

초음파를 보는데
아이의 중심에 뱀 대가리가 보인다

화장실 갈 때마다
쉬이익 쉬이익

내 안에 또아리를 튼
내 아이

누구도 해치지 말자, 쓰다듬는다

야구가 최고야

이 스포츠는 여성이 주체가 되어야 한다
야구, 야구만이 유일하게 날아오는 공을 쳐 낸다
공이 저 멀리 날아가기를 바라는 나의 간절함이라니!

 관중들은 저 멀리 날아가는 공을 보며 비닐 봉투를
뒤집어쓴다
 힘차게 날갯짓하는 응원!

 손 털고, 앞뒤로 몸을 움직이다
 포수와 눈빛을 교환하다
 날아오는 공을 멀리 최대한 멀리
 날아가, 날아가!

 향기로운 땀 냄새를 풍기며
 귀퉁이 구석구석을 애무하듯 달리는
 선수의 발에 엎드려 입을 맞추리

 야구야말로

여성의 능동적, 주체적 행위의 몸부림
신의 계획된 미래를 벗어나는 작당이란 말이다
야구가 최고야!

빵 굽는 섬

둥근 지구가
맛있게 보이는 것은
습도와 염분을 알맞게 갖춘 바다 때문이다
신은 필요한 자리에 꼭 필요한 것을 배치한다

*

태양 빛에 지구는 부풀어 올랐는데
발효가 잘된 빵일수록 적당히 둥근 모양을 유지한다
이때 골고루 굽기 위해 신은 묘책을 세운다
서서히 지구가 자전하는 이유다

*

사람을 세우고, 나무를 놓고
그래도 휑해서 물고기를 넣고, 해조류를 넣었다
데커레이션의 미학을 아는 신은
때로 바닷물을 빼고 모래를 잔뜩 뿌리기도 했다
이것이 바다와 사막이 있는 까닭이다

*

신은 그사이 수많은 빵을 만들었다
어떤 것은 곰보빵처럼 울퉁불퉁했고
어떤 것은 테를 두른 모양을 했는데
인간은 그 빵들을 우주라고 불렀다

*

다른 행성의 맛을 기다리는 동안
지구를 천천히 돌며
산책한다, 습도는 적당한가
빛의 양은 적절한가, 당신의 사랑은 가득한가

*

선착장에서
신과 지구와 빵을 생각하게 된 것은
순전히
섬과는 어울리지 않는 빵집 탓이다
우주에서 제일 맛있는 빵을

먹게 해 주겠다던 제빵사

*

신의 흰 거짓말이 싫지 않았다

공수와 독백, 앤과 앨리스의 주술성

최광임(시인)

우리는 삶을 어떻게 견디는가? 그러니까 살면서 겪게 되는 힘든 일을 견디는 당신만의 방법이 있는가, 라는 물음이 더 정확하겠다. 우문 같지만 아마 그 시점에 삶은 사는 것이 아니라 견디는 쪽에 가깝다는 것도 알게 된다. 그때 비로소 다른 이의 삶도 내 시야에 들어와 궁금해지고 공감할 수 있게 된다. 예외가 있다면 시인은 시인이 되고자 하는 순간 이 우문에 대한 현답을 직감하는 것인지도 모르겠다.

윤진화의 두 번째 시집 『모두의 산책』과 마주하면 그녀 시의 언술의 기묘함과 동화 속 소녀에 빙의한 시의식을 만나게 된다. 존재들의 슬픔과 괴로움·외로움을 어떤 방식으로 대면하고 풀어내는지 감지하게 되는데, 대체로 시 속에는 두 부류의 화자가 등장한다. 무당과 배우다. 무당이 되어 공수를 하고 연극배우가 되어 독백극을 한다. 이들은 긍정적 삶의 에너지를 지닌 '앤'과 환상의 혼종성이 풍부한 '앨리스'의 의식 세계를 갖고 있다.

이 방식은 궁극적으로 주술성을 지니고 있다. 주술은 불행이나 재해를 막기 위한 방책으로 외우는 무당의 주문이나 방언 같은 복술법이다. 이때 무당의 주술은 어떤 언어 방식보다 강력한 카타르시스를 지닌다. 단순히 이야기를 서술하는 것이 아니라 특정 신이나 죽은 사람의 넋이 접신한 엑스터시 상태에서 기쁨이든 슬픔이든 사회 부조리든 공수하는 방식이라 하겠다.

샤먼의 언어 공수

샤머니즘은 동서양을 불문하고 고대부터 현재까지 존재하는 종교 현상이다. 샤먼은 '아는 자, 무당, 예언자, 의사'를 가리키는 말로 시베리아 원주민인 퉁구스족의 토착어에서 유래했다. 샤먼은 세습무와 강습무가 있는데, 이들은 감수성이 강하고 신경이 예민하여 어떤 현상들에서 위기의식을 감지하는 능력이 강하다. 시인의 기질도 샤먼과 유사하다.

특히, 종교적 현상의 하나인 샤머니즘 중 가장 민속적인 문화로 발달한 곳이 한국이라 할 수 있다. 그런 무속이 미신으로 몰리게 된 것은 박정희 정권부터이다. 도시 계획이라는 명목 아래 굿을 미신으로 규정하여 금지하였다.

그럼에도 오늘날 무속은 우리의 생활 풍습과 사고방식에 깊숙이 뿌리내리고 있다. 특히 한국 무속의 특징은 불교, 유교, 기독교의 일부와 혼합되어 있다. 이러한 무속은 유한한 존재인 인간 본연의 결핍과 부재한 희망을 채우고자 한다는 점에서 시를 쓰는 시인의 행위와 닮아 있다. 샤먼이 접신 상태의 공수를 통해 타인의 길흉화복을 점치고 카타르시스를 주듯 시인 또한 언어를 통해 타인의 슬픔과 고통을 대신 노래하며 정화한다는 점이 그렇다.

횃불을 들고 처음처럼 기다린다, 스스로 벗긴 내 처음을 말아 들고 불 피우고 당신을 기다린다

잘도 탄다, 양날 작두 타는 만신처럼 잘도 탄다, 털이 타고 팔다리가 타고 입이 바싹 타고 나면 불을 품은 숯처럼, 당신을

함부로 버린 처음을 돌려주기 위해 기다린다, 후회를 생각하고 또 후회하며 당신을 기다린다

칼날 솟은 혀에 스쳤을 뿐인데, 창자를 베고 심장을 베고 삼킨 눈물 베고 나면 나는, 신원을 알 수 없는 부둣가의 시

신처럼, 당신을

  그러나 나는 안다
  당신은 앞이 캄캄해서야 온다, 물비린내 가득 품고서야
온다, 지금의 나처럼
                          −「나의 가장 처음 지닌 것」 전문

  샤먼의 극점은 엑스터시에 든 상태이다. 이때 "양날 작
두 타는" 신공을 발휘하기도 한다. 온전한 접신 상태에 들
면 공수를 시작한다. 샤먼은 춤과 노래가 수반된 제의를
수행하는 중 황홀과 무아의 경지에서 신의 이야기를 샤먼
의 입을 통해 속세의 무리에게 전하는 것이다. 세속의 사
람들은 이것을 삶의 새로운 국면을 맞이하는 계기로 삼기
도 한다.
  윤진화의 굿춤 또한 "나의 가장 처음 지닌 것"으로 새
롭게 태어나기를 바라는 치성에서 출발한다. 햇불과 칼의
활달한 움직임은 엑스터시 상태의 샤먼의 춤을 연상케 한
다. 햇불에 "털이 타고 팔다리가 타고 입이 바싹 타"는 지
경과 칼날에 "창자를 베고 심장을 베고 삼킨 눈물"까지 벨
정도로 신구를 든 춤의 강도가 세다. '나'는 "불을 품은 숯
처럼", "신원을 알 수 없는 부둣가의 시신처럼" 된다. 그때
'당신'이라는 존재를 만나게 되는데, 이미 '나'와 '당신'은
구분할 수 없는 자웅동체다. 그것이 자아의 재확인이든 당

신이라는 '나'의 비극적인 존재이든 상관없다. 빙의, 즉 합일에 이른 것이기 때문이다.

생성은 존재가 온전히 소멸된 후에야 가능하다. 그러기 위해서는 태우고 베어 내야 한다. '나'는 어쩌다 보니 "나의 가장 처음 지닌 것"을 스스로 버리는 상태에 이르렀고 '당신'을 다시 기다리게 되었다. 기다리는 '당신'을 돌아오게 할 수 있는 방법은 내가 소멸되고 다시 생성하여 '가장 처음' 상태가 되어야 한다. '나'가 의식을 통해 정화되어야 하는 이유이다.

> 당신이 이생에서 지금껏 연주한 가락이 들리거든요
> 손금도 악기 같아서
> 대금, 중금, 소금처럼 가로 불지요
> 당신의 비가(悲歌)는 끝이 없군요
> 휘몰아치는 장단이 꽤 오래됐어요
> 협곡에서 불어오는 바람이 쉴 곳 없어요
> 푸른 나뭇잎이 흔들리지 않아요
> 나뭇잎이 신명에 겨워야
> 휘파람새가 몰려오고, 사람이 오는데
> 당신에게선 사람이 보이지 않아요
> 죄다 죽은 영(靈)이에요
> 당신은 영가를 불러야 할 사람이에요
> 희로애락생로병사길흉화복흥망성쇠,

모두 단조로 흘러요

당신을 위해서는 당신이 야단법석이어야 해요
당신이 웃으면 삼라만상이 웃고
당신이 울면 천지가 울어요
당신이 땅에서 풀면 하늘에서 풀려요
당신의 손금에
흐르는 음악의 꼬리를 풀어놓고 도망친다면
당신은 사랑을 잃을 거예요;

손금쟁이가 내 손에서 흐르는 곡조를 짚다가
다시 곱게 접어 내게 주었어요
난 받아 든 가락이 흩어지지 않도록 주먹을 쥐었어요
백팔 번 맞춰 내 가슴을 때렸어요
굵게 생긴 손금 사이로
눈물이 스며들어요, 주먹을 풀었어요
허공으로 풀어진 길
손 안에 숨어 있는 이 길을 따라가면 거기
사랑이 있다고 내 손을 맞잡고 연주해 주세요
당신의 손금을 내게 들려주세요
두 손을 악보처럼 펼치고

– 「손금을 풀다」 전문

세상 사는 일 자체가 기쁨은 드물고 짧지만 슬픔은 잦고 지속된다. 그러므로 사는 일이란 내 앞에 주어진 슬픔을 어떻게 견디는가를 아는 일이겠다. 그것을 시인은 다른 사람보다 민감하게 예감한다는 말이다. 이렇게 볼 때, 시는 희극보다 비극에 가깝다는 말에 수긍하게 된다. 어떻게 보면 시인이 된다는 것은 이미 정해진 운명 아래 타자의 희로애락을 자기의 노래로 삼겠다는 굿 내림을 받는 것과 같다.

　적어도 윤진화 시들을 읽다 보면 부정할 수 없는 상태에 이르게 된다는 말이다. 윤진화는 "당신의 비가(悲歌)는 끝이 없군요", "당신은 영가를 불러야 할 사람이에요"라는 계시가 시적 화자의 손금에 나와 있다고 한다. 더욱이 "당신에게선 사람이 보이지 않"으며, "죄다 죽은 영(靈)이" 생의 주변을 두르고 있다는 것인데, 그렇다면 '나'를 두르고 있는 죽은 영들을 천도해야 하는 의무가 '나'에게 주어진 것이다. 이는 무당이거나 시인이 아니고는 달리 할 수 있는 일이 없을 것이라는 의미로 읽힌다. 윤진화가 시인일 수밖에 없다는 의미의 다른 말이다.

　"나뭇잎이 신명에 겨워야/휘파람새가 몰려오고, 사람이 오는데" 살아 있는 푸른 나뭇잎이 흔들리지 않는다는 데서 한 생의 비극은 시작되는 것이라 하겠다. 범부로 살 수 없는 운을 가지고 있는 생이라는 점을 스스로 인지하는 시점이다.

그런 다음에서야 시인이나 무당은 자연을 얻고 세상을 얻게 된다. "당신이 울면 천지가 울"고 "당신이 땅에서 풀면 하늘에서 풀"리게 하는 천하를 내 손 안에 쥐게 되는 것이다. 비로소 사람이라는 종족 하나를 고집하지 않을 때 우주의 삼라만상을 사랑할 힘을 가지게 되는 것이라 하겠다. 윤진화는 "받아 든 가락이 흩어지지 않도록 주먹을 쥐"는 의식 행위를 통해 이미 오래전 시인이었으며 무당이었다는 점을 확인한 셈이다.

윤진화의 시집 어느 페이지를 펼치든 무당의 공수나 배우의 독백극을 엿볼 수 있다. 무속성이 강한 시들에서는 몽상과 환상의 엑스터시를 만나기도 한다. "어떤 여자가 죽은 것을 본 나:"(「각개전투 미신사전」)라고 하거나 "죽은 사람들이 한꺼번에 바람이 되어/머리칼을 헤치고 운다는 것/시가 되어 짖는다"(「천형(天刑)에게」)고 한다. "징조와 증후를 읽는 건 시인의 몫"(「뜬금없이 소나기」)이라고 천명을 발설하는가 하면, "사람의 길과 신의 길/한 뼘 차이인데/피를 주고/누구는 귀신이 되고/피를 마시고/누구는 겁에 질려서 굴러다"(「신이 다니는 길」)닌다, 라고 살아생전 불우했던 영들의 입으로 공수를 한다.

그런가 하면 "그걸 직접 보냐니요, 제가 그럼 환상을 보는 건가요?/의사들은 어쩜 이리 하나같이 잔인한가요/네, 제가 봤어요, 말을 건네고, 말을 듣고, 말을 나누다/이명도 말 울음처럼 외롭더라구요"(「서부의 총잡이」)와 같이 환상, 망상, 섬망의 단계를 자유자재로 넘나들기도 한다.

그러다 마침내, "지구를 천천히 돌며/산책한다, 습도는 적당한가/빛의 양은 적절한가, 당신의 사랑은 가득한가"(「빵 굽는 섬」)까지 볼 줄 아는 혜안과 심령을 드러낸다. 앞서 말했듯 사람의 사랑을 놓고 우주를 얻은 것이라 하겠다.

독백극의 주술성

앞서 말했듯이 샤머니즘은 인간 세상에 널리 퍼져 있는 사유와 상상의 체계를 갖고 있다. 우리의 육안으로는 확인할 수 없는 이 사유와 상상의 세계는 무당에 의해 시청각적으로 구체화되는 것이라 보면 된다. 이때, 우리가 주목해야 하는 것은 무속이 가지고 있는 음악, 연극, 문학, 무용 요소의 미학적 예술성이다.

윤진화의 시에 드러난 특징 중 또 하나는 연극적 요소를 가시화했다는 점이겠다. 그것도 독백극이 주조를 이루고 있다. 무당의 공수 또한 모노드라마식 언술이라는 점과 상통한다고 볼 수 있는데, 이때 무당의 공수나 배우의 독백이나 궁극에는 주술성에 닿는다. 그런 의미에서 윤진화의 모노드라마식 독백체의 시들을 무속성과 연관 지어 읽어도 무방하다.

3장

흐르다 멈춘 팔차선 도로
해변으로 가자는 노래가 들려오죠
그 사내를 뱃속에 넣고
웃고, 울고, 뒹굴었던 날이 있었지요
사내는 내 뱃속을 떠나
웃고, 울고, 뒹구는 날을 보낼 테지만
잊지 말아요
별이 쏟아지던 해변에서
구슬 한 알을 버렸다는 걸
그렇게 당신을 얻었다는 걸

(코러스)
별이 쏟아지는 해변으로 가요
처음으로 느꼈네
나는, 나는 말과 함께 묻힐 거예요
칼 씻은 물을 바다로 보냈어요
해변으로 전력 질주하는 폭풍우
그 가운데 나 혼자 있어요

　　　　　　　　　　　　　　　－「여우애사」 부분

어떤 이별이든 헤어지는 일은 힘들다. 더욱이 에로스 관

계에서는 서로를 견딜 수 없게 되었을 때 이별에 이르게 된다. 그 대상을 사랑하고 사랑하지 않고는 별개의 문제 다. 처음 만났을 때와 달리 생활이라는 현실의 다양한 무 늬의 얼룩들이 이별에 이르게 했다는 그 자체로 괴롭기 때 문이다.

그 안에는 단연코 생활이란 현실의 무늬가 만드는 말이 있다. "말의 목은 단번에 쳐야 해요 주저하는 순간", "사내 의 손에는 붉은 도장이 뚝, 뚝, 뚝/말의 목에서는 붉은 피 가 뚝, 뚝, 뚝"(「여우애사」 2장) 떨어진다. 이별에 이르게 된 이유들 중 말이란 것이 만들어 낸 고통이다.

그러나 주술은 힘이 세다. 절실한 마음일 때 주술은 치 유의 권능을 갖기도 한다. 여자 배우가 함부로 베어 냈던 말의 피를 닦으며 독백적 주술을 마쳤을 때 "부엌에서 말 을 다듬는 소리/모든 바람은 말(言)에서 태어나요"(「여우애 사」 2장 코러스)라고 무대 뒤 코러스가 울려 퍼진다. 배우가 고통의 언어들로부터 치유되어 가고 있다는 암시라 할 수 있겠다.

만약, 고통이 고통으로만 남아 있게 된다면 인간은 새로 운 시간을 맞이할 수 없을 것이다. 지상의 어떤 고통이나 슬픔도 시간에 의해 사람의 마음에 변화가 인다. 인간이 살아갈 수 있는 하나의 묘약인 셈이다. "잊지 말아요/별이 쏟아지던 해변에서/구슬 한 알을 버렸다는 걸/그렇게 당신 을 얻었다는" 것으로 화자는 이별과 이별을 한다. 상처에서 빠져나와 혼자 서게 되는 것이다.

그러므로 "그 가운데 나 혼자 있어요"라고 하지만 폭풍우 속에서도 독립적인 존재가 되었다고 볼 수 있다. 칼은 씻었으므로 새 칼이 되었다. 나아가 폭풍우 속에서도 혼자 있다는, 아니 있을 수 있다는 것을 자각한 단계에 이른 것으로 볼 수 있기 때문이다. 모든 생의 공간은 폭풍우가 질주하는 해변과 같다는 것을 자각한 듯하다. 독백을 통해 자신에게 암시한 주술의 힘이 작용한 것으로 볼 수 있겠다.

그럼으로써 윤진화는 주술의 힘을 운용하게 된다. "—감정을 갖고 천천히/안단테 에스프레시보 (…) —수많은 어제 울어요/하나뿐인 오늘은 울지 않으려고"(「안단테 에스프레시보」) 스스로를 컨트롤하는 단계에 이르는 것이다. "나를 향해 부르는 소리를 듣는 일/뿌리 내리고 가지를 뻗고/제 이름 세운 무덤을 사고팔고/일상을 걷다, 이봐요, 거기 당신//이제 내게 남은 것은 하나밖에 없어요/앞만 보고 침묵하는 것"(「파두(Fado)」)이라는 점을 운명의 계시인 양 각성한다. 딱히 누구를 향해 하는 말이 아니라 할지라도 '나'는 말을 한다. 그 말이 내 귀에 들리고, 따라서 내가 나를 듣게 되는 과정이다. 모놀로그의 주술성이라 하겠다.

홀로서기를 한 윤진화의 시선은 타자와 함께한다. "한 마리 물고기가 되어/당신의 꿈속을 헤집습니다"(「부국해양연구소장님께」)라고 하거나 "어제는 혀밖에 남지 않은 길고

양이의 독백을 들었지”(「보도블록 밑으로 바다가 흐른다」)라고
도 한다. “타워 크레인에 올라 있던/해고 노동자가 브레히
트와 눈이 마주쳤다 (…) 고공 농성을 하던 중에 추락한 윤
모 씨와/그 밑에 서 있던 외국인 노동자 B모 씨의/머리가
부딪혀 둘 다 그 자리에서 사망하였습니다.”(「인생무한다면
체 그리고 소외 효과」)라는 아이러니의 세련된 독백극을 선
보이기도 한다. 감정 이입과 정화로 대변되는 전통적 연극
관을 해체시킨 브레히트를 등장시킴으로써 사회의 부조리
와 모순을 환기시키는 연극적 기법을 차용한 것이다.

　윤진화의 독백극식 시들은 만신의 풍모를 갖춰 간다 해
도 부족하지 않을 듯하다. 개인을 넘어 사회의 소외된 곳
의 말들을 대신하는 경지에 이른 것이라 보기 때문이다.

　　해와 달이 하루 딱 한 번 만나는 시간

　　그림자 극장의 서막이 열려요

　　불콰한 두 그리움이 마주 보죠

　　당신도 어둔 무대에 혼자 있나요

　　주인공 아닌 주인공처럼,

　　　　　　　　　　　　　　　　－「초대」 전문

윤진화의 독백극은 시적 대상에 대한 깊은 이해와 연민을 드러냄으로써 공감하거나 비틀기를 통해 사회의 부조리를 드러낸다. 인물의 심리적 변화를 정확하게 또는 상징적으로 드러낼 수 있는 독백극의 특성을 차용하는 방식을 취한 셈이다.

여기서 '당신'은 우리 사회의 나와 당신을 말한다 해도 무방하다. 곰곰 들여다보면 "어둔 무대에 혼자 있"지 않은 사람은 없다. 주인공이면서 조연 같거나, 조연이면서 주인공인 양 무대의 가장 환한 곳에서부터 가장 어두운 곳까지 누비는 배우 아닌 삶이 없는 탓이다.

살다 보면 삶의 지론을 술술 풀어낼 때도 있는가 하면, 물에 만 밥을 꾸역꾸역 쑤셔 넣듯 억지 대사를 뱉어 내야 하는 때도 있다. 모두 '그림자 극장'의 배우 같은 것이다. 그것은 어쩌면 당신이나 나나 내 그림자를 좇는 과정이 생일 수도 있다는 말과 같다. 그렇지 않고서야 내가 나를, 나를 닮은 당신이 뭉클해지거나 그리워질 리 없다. 이러한 동화나 투사는 공감 영역을 확장할 때 가능해진다.

윤진화는 우리에게 그냥 쑥 태어난 것이 아니라 생에 초대를 받은 이들이라는 암시적 의미를 부여한다. '초대'라는 말이 지닌 의미가 그렇다. 이는 윤진화의 타자 섬김의 마음이 발화된 것이라 할 수 있다. 그러므로 서로의 그림자를 밟지 말아야 하는 것은 당연하다. 그림자에도 심연이

있음을 알 수 있을 때까지 묵묵히 무대 위의 삶을 관조하자는 메시지겠다. 그림자는 허수가 아니라 그 자체로 나와 당신이라는 말인 셈이다.

앤과 앨리스 방식의 주술성

그렇다면 윤진화 시의식의 동력은 어디서 나오는 것일까. 현실과 상상 사이를 자유롭게 넘나들며 생을 끌고 가는 힘 말이다. 누구에게나 결핍은 존재하지만 그 결핍이 만들어 내는 부재한 것들을 무엇의 힘으로 상쇄하며 창조로 바꿔 내는가, 라고 해야겠다.

우선 윤진화의 결핍은 '당신'이라는 존재의 부재로부터 발원했다고 볼 수 있다. "꼬리야 다시 자라지요/라며 잘린 사랑이 펄떡펄떡/그걸 보면서 오체투지로 도망가는 당신"(「도마뱀」)이 있다. 또 "일어나야지, 발목을 자른다/신발이 꼭 맞다/찌르릉찌르릉 꼬리가 우는데도"(「나쁜 꿈에서 벌떡 일어나듯」) '당신'과 분리를 자처한다. 결핍 즉 부재를 자각한다는 것은 현실을 직시하게 되었다는 의미이기도 하다. 그런가 하면 "한 번도 웃지 않던 아버지가/거리마다 있고 없는 계절"(「오빠」)에 적응하는 모습을 보이기도 한다.

이러한 부재는 윤진화가 원한 것이 아니라는 점에서 슬픔이 극대화되지만 이 슬픔을 창조라는 동력으로 치환한다. 치환된 힘은 곧 윤진화의 '시힘'이 된다.

> 서정의 시간이 다시 온다면
> 난동과 더불어 함부로 뒹군 저 태양의 힘이
> 나를 태울지라도, 녹일지라도, 늙게 할지라도
> 우리의 서사를 빈틈없이 이어 가리라
>
> 증오하면 사랑하는 증거를 가져오겠다
> 꼬리 긴 별 하나 내려와 곁을 내준 날
> 이 세계에 칼날을 대고
> 피로 물든 눈동자로 전쟁을 선포한다
> 당신을 다시 사랑하리라
>
> — 「다시, 시다」 부분

시인에게 시만큼 충만한 것은 없다. 무당은 무기가 충
만해야 하듯 시인에게는 응집된 시의식이 시 창작으로 이
어져야 한다. 그런 의미에서 윤진화는 "나를 태울지라도,
녹일지라도, 늙게 할지라도", "이 세계에 칼날을 대고" 당
신인 '시'를 다시 사랑하겠다고 한다. 윤진화의 독백과 공
수의 주술적 능력과 의지의 발로로 짐작할 수 있는 대목
이다.

다음으로 현실을 살아 내야 하는 시인의 책무는 일반적
일 수 없다는 것도 이유가 되리라 여긴다. 삶에 충실하되

꿈꾸기를 포기하지 않는 삶의 자세를 견지해야만 가능한 일이다. 그 짐작으로 '빨강 머리 앤'과 '이상한 나라의 앨리스'식 세계를 품고 산 것이었다고 볼 수 있겠다. 윤진화의 삶 의식이 앤의 발랄함과 현실성 그리고 상상력이 근간을 이루는 것이라면, 앨리스의 환상적 판타지와 만나 불가사의하고 영험한 무속의 세계로 나아가게 하는 의식을 견지해 온 것으로 보인다.

실밥 묻은 사내를 만났어요. 만개한 별을 모아 반짝반짝 옷을 만든대요. 싸구려 환각제가 벌려 놓은 앞니, 큰 바늘 뒤로 돌리는 시계공과 쉬지 않는 첫사랑이 보였어요

몇 시간의 약과 몇 잔의 술과 여섯 명의 엄마는 사내의 힘이에요. 낡은 빌라 담벼락에 기대어 잠든 할리데이비슨을 깨워 부우웅 경찰서를 드나들곤 했지요. 눈 한번 찡긋해 주면서

천천히 사내를 바라봐요. 심장이 빠르게 미싱을 돌리고 조그만 새들이 붉은 발자국 남기며 후드득 날아요. 굿바이 할리데이비슨, 빠라바라밤

새의 날개에 시동을 거는 슈퍼울트라맨
　　　－「지금은 슈퍼울트라맨과－빨강 머리 앤에게」 전문

여기서 '나'는 앤이거나 윤진화라 해도 무방하다. 밝은 성격의 말괄량이 소녀인 빨강 머리 앤은 알 수 없는 인생 행로 속에서도 현실을 긍정적으로 살아 내며 삶의 진리를 통찰해 간다. 이때 풍부한 상상력은 앤 삶의 긍정적 원천이 되는 것과 같이 시 속 '나'의 삶이 '앤'과 유사하기 때문이다. 그런 '나'에게도 풍족한 삶은 아니었지만 경쾌한 사랑은 있었다. 첫사랑은 시계공이었고 지금은 슈퍼울트라맨이 되었다. 울트라맨은 괴수와 싸워 지구를 지키는 정의의 외계인으로 '나'에게는 "심장이 빠르게 미싱을 돌"릴 만큼 두근거리는 존재였다가 지금은 "새의 날개에 시동을 거는 슈퍼울트라맨"이 되었다. 물론 여기서 주목하고자 하는 것은 사랑의 대상이라기보다 "실밥 묻은 사내" "싸구려 환각제" "낡은 빌라 담벼락" "미싱" 같은 삶의 누추한 풍경들이다. 앤이 불우한 환경을 불행하게 여기지 않고 실제 행복한 삶으로 견인해 갔듯 '나' 역시 누추한 삶의 과정을 지나 지금에 이르렀다는 점에 주목할 때 앤을 오버랩하게 된다. 이런 앤의 명랑하고 긍정적인 삶의 의식은 곧 윤진화 시의식의 근간이라 볼 수 있다.

앞서 걷던 아이는
저 앞에 길이 있다며
모퉁이를 잡고 사라졌다

나를 꼭 닮은 아이인데
산책 길에 그만 아이를 잃었다

(…)

비로소
나이 많은 내가 나이 어린 나를 본다
천국이 감은 눈을 뜨고
저편 아이와 이편 아이가 흐려진다
이상한 나라의 봄

　　　　　　　　　　－「이상한 나라의 골목」 부분

『이상한 나라의 앨리스』 중 토끼의 안내를 따라간 앨리스가 이상한 물을 마시고 거대한 앨리스로 변신하거나 아주 작은 존재로 변하여 겪게 되는 일의 한 장면을 시로 읽는 듯하다. 엑스터시 상태에 든 무당의 몽환 세계와도 흡사하다. 따라서 앨리스가 경험하는 환상의 혼종성이 윤진화에게는 무당의 엑스터시 상태와 동일시되는 것으로 보인다.

　앨리스가 토끼를 따라가다 계단을 내려가게 되면서 모험이 시작되듯 "앞서 걷던 아이"가 "모퉁이를 잡고 사라"지면서 "나이 많은 내가 나이 어린 나"와 대면하게 된다. 이어 "천국이 감은 눈을 뜨고" "이상한 나라의 봄"을 만나게 되면서 비로소 나이 많은 나로 온전히 돌아오게 된다. 치유의 통과 의례라 할 수 있다.

무당이 신대를 잡고 한바탕 굿춤을 추며 신의 뜻을 보여 주거나 재연하고 재창조하는 과정과 오버랩된다. 치유의 통과 의례를 통해 '해방감'이나 '열중' 혹은 '몰입' 또는 '정화'되는 자아를 만나게 되는 과정이다. "이상한 나라의 골목"에서 치르게 된 해원굿은 나이 많은 나나, 저편 아이와 이편 아이 모두가 무의 상태로 환원되는 경험을 함으로써 원을 풀게 된다. 윤진화 생을 둘러싸고 있다는 죽은 영들의 해원굿을 통해 천도해 줌으로써 너, 나 구분하지 않는 영의 혼종 상태에 이르게 된다. 시인의 시의식이 우주 어디든 자유롭게 넘나드는 경지에 이른 것이라 해도 되겠다.

이렇듯 의식의 성숙은 삶을 견인한다. 윤진화는 "여성의 능동적, 주체적 행위의 몸부림/신의 계획된 미래를 벗어나는 작당이란 말"(「야구가 최고야」)로 자유 의지를 고취한다.

그리하여 윤진화는 어떠한 형식으로 존재하든 얽매임 없는 세계, 자유로운 해방(「플라워# 해방」)의 세계에 이르겠다고 선언한다. 주체의 온전한 세계로 나아가고자 하는 윤진화의 시길인 셈이다.

시인수첩 시인선 029

모두의 산책

ⓒ 윤진화, 2019

초판 1쇄 인쇄 2019년 11월 4일
초판 1쇄 발행 2019년 11월 18일

지은이 | 윤진화
발행인 | 강봉자·김은경

펴낸곳 | (주)문학수첩
주 소 | 경기도 파주시 문발로 214-12(문발동 511-2) 출판문화단지
전 화 | 031-955-4445(대표번호), 4500(편집부)
팩 스 | 031-955-4455
등 록 | 1991년 11월 27일 제16-482호

홈페이지 | www.moonhak.co.kr
블로그 | blog.naver.com/moonhak91
이메일 | moonhak@moonhak.co.kr

ISBN 978-89-8392-783-5 03810

「이 도서의 국립중앙도서관 출판예정도서목록(CIP)은 서지정보유통지원시스템
홈페이지(http://seoji.nl.go.kr)와 국가자료공동목록시스템(http://www.nl.go.kr/
kolisnet)에서 이용하실 수 있습니다.(CIP제어번호: CIP2019040400)」

* 파본은 구매처에서 바꾸어 드립니다.